四庫全書宋詞別集叢刊

十四

于湖詞

張孝祥

海野詞

曾覿

審齋詞

王千秋

四庫全書宋詞別集叢刊 十四

商務印書館

于湖詞

張孝祥

欽定四庫全書　　集部十

于湖詞　　詞曲類詞集之屬

提要

臣等謹案于湖詞三卷宋張孝祥撰孝祥有于湖集別著録宋史藝文志載其詞一卷陳振孫書録解題亦載于湖詞一卷黄昇中興詞選則稱紫微雅詞以孝祥曾官中書舍人故也此本為毛晉所刊第一卷末即繫以跋

稱恨全集未見盖祇就詞選所載二十四闋更摭四首益之以備一家後二卷則無目録亦無跋語盖因已見全集刪其重複另編為兩卷以續之而首卷則未重刊故體例特異耳卷首載陳應行湯衡兩序皆稱其詞寓詩人句法繼軌東坡觀其所作氣概亦幾幾近之朝野遺記稱其在建康留守席上賦六州歌頭一闋感憤淋漓主人為之罷席則其忠

憤慷慨有足動人者矣又者舊續聞載孝祥
十八歲時即有點絳脣流水泠泠一詞爲朱
希真所驚賞或刻孫和仲或即以爲希真作
皆誤今集不載是篇或以少作而佚之歟陳
應行序稱于湖集長短句凡數百篇今本乃
僅一百八十餘首則原稿散亡僅存其半已
非當日之舊矣乾隆四十九年十一月恭校
上

欽定四庫全書

于湖詞
提要　二

總纂官臣紀昀臣陸錫熊臣孫士毅

總校官臣陸費墀

于湖詞序

蘇明允不工於詩歐陽永叔不工於賦曾子固短於韻語黄魯直短于散語蘇子瞻詞如詩秦少游詩如詞才之難全也豈前輩猶不免耶紫薇張公孝祥姓字風雷於一世辭彩日星於郡國其出入皇王縱横禮樂固已見於萬言之陛對其判花視草演絲為綸固已形於尺一之詔書至于託物寄情弄翰戲墨融取樂府之遺意鑄為毫端之妙詞前無古人後無來者散落人間今不

知其幾也比遊荊湖間得公于湖集所作長短句凡數百篇讀之泠然灑然真非煙火食人辭語予雖不及識荆然其瀟散出塵之姿自在如神之筆邁往凌雲之氣猶可以想見也使天假之年被之聲歌薦之郊廟當其陰莖韶頀間作而遞奏非特如是而已一日鳳鳥去千年梁木摧予深為公惜也于湖者公之別號也昔陳季常晦其名自稱為龍丘子嘗作無愁可解東坡為之序引世之不知者遂以龍丘為東坡之號予故表而出之

乾道辛卯仲冬朔日建安陳應行季陸序

序

昔東坡見少游上巳遊金明池詩有簾幙千家錦繡垂之句曰學士又入小石調矣世人不察便謂其詩似詞不知坡之此言蓋有深意夫鏤玉雕瓊裁花剪葉唐末詞人非不美也然粉澤之工反累正氣東坡慮其不幸而溺乎彼故援而止也惟恐不及其後元祐諸公嬉弄樂府寓以詩人句法無一毫浮靡之氣實自東坡發之也于湖紫微張公之詞同一關鍵始公以妙年射策魁

欽定四庫全書

天下不數歲入直中書帝將大用之未幾出守四郡多
在三湖七澤間何哉衡謂茲地自屈賈題品以來唐人
所作不過柳枝竹枝詞而已豈天以物色分留我公要
與大江東去之詞相為雄長故建牙之地不於此而於
彼也歟建安劉温父慱雅好事於公文章翰墨尤所愛
重片言隻字莫不珍藏既裒次為法帖又别集樂府一
編屬予序之以冠於首衡嘗獲從公游見公平昔為詞
未嘗著稿筆酣興健頃刻即成初若不經意反復究觀

未有一字無來處如歌頭凱歌登無盡藏岳陽樓諸曲所謂駿發踔厲寓以詩人句法者也自仇池仙去能繼其軌者非公其誰與哉覽者擊節當以予為知言乾道辛道辛卯六月望日陳郡湯衡撰

欽定四庫全書

于湖詞

序

二

欽定四庫全書

于湖詞卷一

宋 張孝祥 撰

六州歌頭 此調或作三疊亦椿荆止第一段且休兵止第二段

長淮望斷關塞莽然平征塵暗霜風勁悄邊聲黯銷凝追想當年事殆天數非人力洙泗上絃歌地亦椿荆隔水微茫落日牛羊下區脱縱横看名王宵獵騎火一川明笳鼓悲鳴遣人驚 念腰間箭匣中劍空埃蠹竟何

成時易失心徒壯歲將零渺神京干羽方懷遠靜烽燧
且休兵冠蓋使紛馳鶩若為情聞道中原遺老常南望
翠葆霓旌使行人到此忠憤氣填膺有淚如傾

水調歌頭 凱歌寄湖南安撫劉舍人

猩鬼嘯篁竹玉帳夜分弓少年荊楚劒客突騎錦襜紅
千里風飛雷厲四挍星流彗掃蕭斧挫春蔥談笑青油
幕日奏捷書同 詩書帥黄閣老黑頭公家傳鴻寶秘
略小試不言功聞道璽書頻下看即沙堤歸去帷幄且

從容君王自神武一舉朔庭空

又 舟過金山寺或作詠月或作韓子蒼

江山自雄麗風露與高寒寄聲月姊借我寶鑑此中看幽壑魚龍悲嘯倒影星辰搖動海氣夜漫漫擁起白銀闕危駐紫金山 表獨立飛玉佩整雲觀漱冰濯雪渺視萬里一毫端回首三山何處聞道金山笑我要我欲俱還揮手從此去翳鳳更驂鸞

又 靜隱寺觀雨寺有碧霄泉

青嶂度雲氣幽壑舞回風江神助我雄觀喚起碧霄龍電掣金蛇千丈雷噴靈鼉萬疊洶洶欲崩空盡瀉銀潢水散入寶蓮宮　坐中客淩積翠看犇洪人間應失七筯惟我獨從容淨洗從來塵垢潤及無邊枯槁造物不言功天宇忽開霽日在五雲東

滿江紅 秋懷

秋滿瀟源瘴雲靜曉山如簇動遠思空江小艇高邱喬木策策西風雙鬢底暉暉斜日朱欄曲試側身回首望

京華迷南北　思歸夢天邊鵠遊宦事蕉中鹿想一年
好處砌紅堆緑羅帕分柑霜落齒冰盤剝芡珠盈掬借
春纖縷鱠搗香虀新篘熟

又　詠雨

斗帳高眠寒窗靜瀟瀟雨意南樓近更移三鼓漏傳一
水點點不離楊柳外聲聲只在芭蕉裡也不管滴破故
鄉心愁人耳　無似有遊絲細聚復散真珠碎天應分
付與別離滋味破我一牀蝴蝶夢輸他雙枕鴛鴦睡向

此際別有好思量人千里

又 玩鞭亭 乾道元年正月十日

千古淒涼興亡事但悲陳迹凝望眼吳波不動楚山空碧巴滇緑駿追風遠武昌雲旆連天赤笑老奸遺臭到如今留空壁　邊書靜烽煙息通軺傳銷鋒鏑仰太平天子聖明無敵戲踏揚州開帝里渡江天馬龍為匹看東南佳氣鬱葱葱傳千億

念奴嬌 欲雪呈朱漕

朔風吹雨送淒涼天意垂垂欲雪萬里南荒雲霧滿弱水蓬萊相接凍合龍岡寒侵銅柱碧海冰澌結憑高一笑問君何處炎熱　家在楚尾吴頭歸期猶未對此驚時節記得年時貂帽暖鐵馬千羣觀獵狐兔成車歌鐘殷地掃踏層城月持盃且醉不須北望淒切

又　洞庭

洞庭青草近中秋更無一點風色玉界瓊田三萬頃著我扁舟一葉素月分輝銀河共影表裡俱澄澈怡然心

會妙處難與君說 應念梅嶺孤光孤光自照肝肺皆
冰雪短髮蕭騷襟袖冷穩泛滄浪空闊盡挹西江細傾
北斗萬象為賔客扣舷一笑不知今夕何夕

又 離思

星沙初下望重湖遠水長雲漠漠一葉扁舟誰念我今
日天涯飄泊平楚南來大江東去處處風波惡吳中何
地滿懷俱是離索 長記送我行時綠波亭上泣透青
羅薄檣燕低飛人去後依舊湘城簾幙不盡山川無窮

煙浪峯負秦樓約漁歌聲斷為君雙淚傾落

木蘭花慢 離思 向誤作木蘭花令

送歸雲去雁淡寒彩滿溪樓正佩解湘腰釵孤楚鬢鸞鑒分收凝情望行處路但疎煙遠樹織離憂只有樓前溪水伴人清淚長流 霜華夜永逼衾裯喚誰護衣篝念粉館重來芳塵未掃爭見嬉遊情知悶來殢酒奈回腸不醉只添愁脈脈無言竟日斷魂雙鶩南州

又 別情

紫簫吹散後恨無孑只空樓念璧月長虧玉簪中折覆水難收青鸞送碧雲句道霞扃霧鎖不堪憂情與文梭共織怨隨宮葉同流　人間天上兩悠悠暗淚洒燈篝記谷口園林當時驛舍夢裏曾遊銀屏低聞笑語但夢時冉冉醒時愁擬把菱花一半試尋高價皇州

雨中花慢長沙　向失慢字誤

一葉凌波十里御風煙鬟霧鬢瀟瀟認得江皐玉珮水館冰綃秋淨明霞乍吐曙涼宿靄初消恨微顰不語欲

進還休疑竚追遙　神交冉冉愁思盈盈斷魂欲遣誰招還似待青鸞傳信烏鵲成橋悵望船仙琴疊羞看翡翠蘭茗夢回人遠紅雲一片天際笙簫

驀山溪　春情

雄風豪雨時節清明近簾幙起輕寒煗紅爐笑翻灰燼陰藏遲日欲驗幾多長繡工慵圍棋倦香篆頻銷印茂林芳徑綠變紅添潤桃杏意醂醂占前頭一番花信華堂尊酒但作艷陽歌禽聲喜流雲盡明日春遊俊

鷓鴣天 長沙餞劉樞密

浴殿西頭白玉堂湘江東畔碧油幢北辰躔次瞻星象南斗山川解印章　隨步武借恩光送君先促舍人裝他年真肯傳衣鉢今日先須酹一觴

又 春情

日日青樓醉夢中不知樓外已春濃杏花未遇疎疎雨楊柳初搖短短風　扶畫鷁躍花驄湧金門外小橋東行行又入笙歌裏人在珠簾第幾重

菩薩蠻 舟中

十年長作江南客檣竿又挂西風席白鳥去邊明楚山無數青　倒冠仍落佩我醉君同醉試問識君否青山與白鷗

又 杏花 或作春草

東風約略吹羅幕一簷細雨春陰薄試把杏花看濕紅嬌草寒　佳人雙玉枕烘醉鴛鴦錦折得最繁枝暖香生翠幃

鵲橋仙

横波滴素，逶山蹙翠，江北江南腸斷。不知何處御風來，雲霧裏、釵横鬢亂。
香羅疊恨，鸞箋寫意，付與瑶臺女伴。醉時言語醒時愁，道説與、醒時休看。

又 梅

吹香成陣，飛花如雪，不鄎朝來風雨。可憐無處避春寒，但玉立、仙衣數縷。
清愁萬斛，柔腸千結，醉裏一時分付。勸君不用嘆飄零，待結子、成陰歸去。

西江月 黄陵廟

滿載一船明月平鋪千里秋江波神留我看斜陽喚起鱗鱗細浪　明日風回更好今朝露宿何妨水晶宮裏奏霓裳準擬岳陽樓上

又 洞庭

問訊湖邊春色重來又是三年東風吹我過湖船楊柳絲絲拂面　世路如今已慣此心到處悠然寒光亭下水連天飛起沙鷗一片

又 為劉樞密太夫人壽

疇昔通家事契即令兩鎮交承起居樞密太夫人緑髮斑衣相映乞得神仙九醖祝敎福禄千春台星直上壽星明長見門闌昌盛

憶秦娥 雪

雲垂幕陰風慘澹天花落天花落千林瓊玖滿空鸞鶴征車渺渺穿華薄路迷迷路增離索增離索楚溪山水碧湘樓閣

又 梅

梅花發寒梢挂著瑤臺月瑤臺月和羹心事履霜時節

斷橋流水聲嗚咽行人立馬空愁絶空愁絶為誰凝

竚為誰攀折

又 元夕

元宵節鳳樓相對鼇山結鼇山結香塵隨步柳梢微月

多情又見珠簾揭游人不放笙歌歇笙歌歇曉煙輕

散帝城宫闕

桃源憶故人 冬飲

朔風弄月吹銀霰簾幙低垂三面酒入玉肌香軟壓得寒威斂 檀槽乍撥么絲慢彈得相思一半不道有人腸斷猶作聲聲顫

醉落魄 或誤作醉羅歌

輕寒澹綠可人風韻閒梳束多情早是眉峰蹙一點秋波閒裏覷人毒 桃花庭院閒妝束銅鞮誰唱大堤曲歸來想是櫻桃熟不道秋千誰伴那人蹴

于湖詞卷一

欽定四庫全書

于湖詞卷二

宋 張孝祥 撰

水調歌頭 汪德卲作無盡藏樓于棲霞之間取玉局老仙遺意張安國過之為賦此詞

淮楚襟帶地雲夢澤南州滄江翠壁佳處突兀起紅樓憑仗史君胸次為問仙翁何在長嘯俯清秋試遣吹簫看騎鶴恐來遊　欲乘風淩萬頃從扁舟山高月小霜露既降凜凜不能留一弔周郎羽扇尚想曹公橫槊興

㜷雨悠悠此意無盡藏分付水東流

又 帥靖江作

五嶺皆炎熱宜人獨桂林江南驛使未到梅蕊透春心繁會九衢三市縹緲層樓疊觀雪片一冬深自是清涼國不遣瘴塵侵 溪山好青羅帶碧玉簪平沙細浪欲盡陡起忽千尋家種黄柑丹荔户拾明珠翠羽簫鼓夜沉沉莫問驂鸞事有酒且頻斟

又 桂林中秋作

今夕復何夕此地過中秋賞心亭上喚客追憶去年遊
千里江山如畫萬井笙歌不夜挾路看鰲頭玉界湧銀
闕珠箔捲瓊鈎　馭風去忽吹到嶺南州去年明月依
舊還照我登樓樓下水明沙淨樓外參横斗轉搔首思
悠悠老子興不淺聊復少淹留

又　過瀟湘寺

濯足夜灘急晞髮北風凉吳山楚澤行盡只欠到瀟湘
買得扁舟歸去此事天公付我六月下滄浪蟬蛻塵埃

外蝶夢水雲鄉　製荷衣紉蘭佩把蘋房湘妃起舞一
笑撫琴奏清商喚起九歌忠憤拂拭三閭文字還與日
爭光莫遣兒輩覺此樂未渠央

又

艤棹太湖岸天與水相連垂虹亭上五年不到故依然
洗我征塵三斗快挹商飈千里鷗鷺亦翩翩身在水晶
闕真作馭風仙　望中秋無五日月還圓倚欄清唱孤
發驚起蟄龍眠欲酹鴟夷西子未辦當年功業空繫五

湖船不用知餘事鱸鱠正甘鮮

又 聞采石戰勝

雪洗邊塵靜風約楚雲留何人為寫悲壯吹角古城樓湖海平生豪氣關塞如今風景剪燭看吳鉤賸喜燃犀處駭浪與天浮 憶當年周與謝富春秋小喬初嫁香囊猶在功業故優游喚岸磯頭落照淝水橋邊衰草渺渺喚人愁我欲乘風去擊楫誓中流

又

天上掌綸手閫外折衝才發蹤指示平蕩全楚息氛埃緩帶輕裘多暇燕寢森嚴兵衛香篆幾徘徊襦袴見歌詠桃李藉栽培 紫泥封天筆潤日邊來趣裝入覲行矣歸去作鹽梅祖帳不須遮道看取眉間一點喜氣入尊罍此去沙堤路平步上三台

又

隆中三顧客圯上一編書英雄當日感會餘事了寰區千載神交二子一笑渺然於世却顧駕柴車常憶淮南

岸耕釣混樵漁　忽扁舟凌駭浪到三吳綸巾羽扇笑容真與列仙如豈爲蓴羹鱸鱠便掛衣冠神武此輿渺江湖學酒對明月髙曳紫霞裾

又　送謝倅之臨安

客裡送行客常苦不勝情見公秣馬東去底事却欣欣不爲青氊俯拾自是公家舊物何必更關心且喜謝安石重起爲蒼生　聖天子方側席選豪英日邊仍有知己應剡薦章聞好把文經武畧换取碧幢紅旆談笑掃

邊塵勳業在此舉莫厭短長亭

又 送劉趨朝

鼇禁輟頗牧熊軾賴龔黃一時林莽千險蠭午要驅攘金版云韜初試煙斂山空野逈低草見牛羊旒纊釋南顧戈甲濯銀潢　玉書下褒懿續促曹裝帝衷天近紅旆東去帶朝陽登輔五雲丹陛迴首楚樓千里遺愛滿瀟湘應記依劉客曾此捧離觴

念奴嬌 再用韻呈朱丈

繡衣使者度郢中絕唱陽春白雪人物應須天上去一日君恩三接粉署香濃宮林錦重便把絲鈎結片心如水不教炙手成熱　還記嶺海相從長松千丈映我秋竿節忍凍推敲清興滿風裡烏巾獵獵只要東歸歸心入夢夢逐寒江月不因蓴鱠白頭親望真切

又　仲欽提刑仲冬行邊漫呈小詞以備鼓吹之闕

弓刀陌上過蠻煙瘴雨朔雲邊雪幕府横驅三萬里一把平安遥接方丈三韓西山八詔慕義羞椎結梯航入

貢路經頭痛身熱　今代文武通人青霄不上却把南州節牧馬秋肥鵰力健應看名王宵獵壯士長歌故人一笑趂得梅花月王春奏記便須平步清切

滿江紅 思歸寄柳州林守

秋滿衡皐煙蕪外吴山遥碧風乍起蘭舟不住浪花如席離岸櫓聲驚漸遠盈襟淚點淒猶滴問此情能有幾人知新相識　追往事懽連夕經舊館人非昔把輕顰淺笑不堪重憶紅葉題詩誰與寄青樓薄倖今嬴得但長

洲茂苑草淒淒愁如織

定風波

鈴索收聲夜未央起尋花影步迴廊莫道嶺南冬更暖君看梅花如雪月如霜　見説墻西歌吹好玉人交坐勸飛觴老子婆娑成獨冷誰省自挑寒灺自添香

木蘭花 送張魏公

擁貔貅萬騎聚千里鐵衣寒正玉帳連雲碧幢映日飛箭天山錦城起方面重對籌壺盡日雅歌閒休遣沙場

敲騎尚餘疋馬空還　那看更值春殘斟綠醑對朱顏正宿雨催紅和風換翠梅小香慳牙旗漸西去也望梁州故壘暮雲間休使佳人斂黛斷腸低唱陽關

雨中花

一舸凌風斗酒酹江翩然乘興東游欲吐平生孤憤壯氣橫秋浩蕩錦囊詩卷從容玉帳兵籌有當時橋下取履仙翁談笑同舟　先賢濟世偶爾功名事成豈為封留何況我君恩深重欲報無由長望東南氣王從教西

北雲浮斷鴻萬里不堪回首赤縣神州

水龍吟 過浯溪

平生只說浯溪斜陽喚渡秋船繫月華未吐波光不動新涼如水長嘯一聲山鳴谷應棲禽驚起自顏元者後水流花謝當年事無人記　須信兩賢不死駕飛車時游此地漫郎宅裡中興碑下應留屐齒酌我清尊洗君孤憤來同一醉待相期把袂清都歸路騎鶴去三千歲

又 望九華作

竹輿曉入青陽細風涼月天如洗峯回路轉雲舒霧捲了非人世轉就丹砂鑄成金鼎碧光相倚料天闕虎守箕疇龍負閑神祕留茲地 縹緲朱幢羽衛望蓬萊初無弱水仙人拍手山頭笑我塵埃滿袂春瑣瑶房霧迷芝圃昔游都記悵世緣未了怱怱又去空凝竚煙霄裡

多麗

景蕭疎楚江那更高秋遠連天茫茫都是敗蘆枯蓼汀洲認炊煙幾家蝸舍映夕照一簇漁舟去國雖遥寧親

漸近數峯青處是吾州便秉取波平風静荃棹且夷猶閑情有冥冥去雁拍拍輕鷗　忽追思當年往事惹起無限羈愁拄笏朝來多爽氣秉燭夜永足清游翠袖香寒朱絃韻悄無情江水只東流拖樓晚清商哀怨還聽隔船謳無言久餘霞散綺煙際帆收

蝶戀花

漠漠飛來雙屬玉一片秋光染就瀟湘綠雪轉寒蘆花簌簌晚風細起波紋縠　落日孤雲歸意促小倚篷窗

寫作相思曲過盡碧灣三十六扁舟只在灘頭宿

訴衷情 中秋不見月

晚煙斜日思悠悠西北有高樓十分準擬明月還似去年遊 揮玉塵捲銀鈎喚起愁嫦娥貪共莫雨朝雲忘了中秋

鷓鴣天 上母夫人壽

阿母蟠桃不記春長沙星裡壽星明金花羅紙新裁詔貝葉旁行別授經 同犬子祝龜齡天教二老鬢長青

明年今日稱觴處更有孫枝滿謝庭

又 餞劉共甫

憶昔追游翰墨場武夷仙伯較文章琅函奏號銀臺省鐔筆書名御苑香　經十載過三湘橫眉麗錦照傳觴醉餘吐出胸中墨只欠彭宣到後堂

又 送錢使君守橫州

舞鳳飛龍五百年盡將錦繡裹山川　王家券册諸孫嗣主第笙歌故國傳　居玉鉉擁金蟬祇今門户慶綿聯

君侯合侍明光殿且作横槎海上仙
又
仲欽提刑行部萬里閲四月而後来歸轍奉蔬果為太夫人壽
去日清霜鞠滿叢歸来高柳絮纏空長驅萬里山收瘴徑度層波海不風　陰徳徧嶺西東天教慈母壽無窮遥知今夕稱觴處衣綵還將衣繡同
又
楚楚吾家千里駒老人心事正闗渠風流合是階墀玉愛惜真如掌上珠　紆緑綬薦芳壺老人還逺醉弟兄扶

閒將何物為兒壽付與家傳萬卷書

又 上元啟醮

詠徹瓊章夜向闌天移星斗下人間九光倒影騰青簡

一氣回春達絳壇　瞻北闕祝南山遥知仙仗簇清班

何人曾侍傳柑讌翡翠簾開識聖顏

又

子夜封章叩紫清五霞深裏珮環聲驛傳風火龍鸞舞

步入烟霄孔翠迎　瑶簡重羽衣輕金章雙引到通明

三湘五莞同民樂萬歲千秋與帝齡

又

瞻蹕門前識箇人香車油壁照雕輪短襟衫子新來棹四直冠兒内樣新秋色淨曉妝匀不知何事在風塵主公若也憐幽獨帶取妖嬈上玉宸

又

憶昔彤庭望日華匆匆枯筆筆生花鬱輪袍曲慹新奏風送銀灣上斗槎追往事及新瓜飛蓬何事及蘭麻

一江湘水流餘潤千里河堤築淺沙

又

可意黄花人不知黄花標格世間稀園葵裛露迎朝日檻菊凝霜媚夕霏　芍藥好是金絲緑藤紅刺引薔薇姚家别有神仙品似着天香染御衣

又

鞍蹬難留乗馬東花枝爭看裊長紅衮衣空使斯民戀緑竹誰歌入相同　同武事致年豐幾多遺恨在湘中

深知楚水楓林下不是初聞長樂鐘

又

又向荆州住半年西風催放五湖船來時露菊團金顆去日池荷剪緑錢　斟别酒扣離筵一時賔從最多賢今宵拚醉花迷坐後夜相思月滿川

眼兒媚

曉来江上荻花秋做弄箇離愁半竿殘日兩行珠淚一葉扁舟　須知此去應難遇直待醉方休如今眼底來

朝心上後日眉頭

虞美人

盧敎夫婦驂鸞侶相敬如賔主森然蘭玉滿罇前案擧齊眉樂事看年年　我家白髮雙垂雪已是經年別今宵歸夢楚江濵也學君家兒子壽吾親

又

柳梢梅蕊香全未誰會傷春意一年好處是新春柳底梅邊只欠那人人　憑春約住梅和柳且待些時候錦

帆風迅綵舟來却放香苞嬌蕊一齊開

又

雲消煙漲清江浦碧草春無數江邊幾樹夕陽紅點點征帆吹盡夜來風　樓頭月壓章華館我已無腸斷斷行雙雁背人飛織錦迴文空在寄他誰

又

清宮初入韶華管宮葉秋聲滿滿庭芳草月嬋娟想見來朝喜色動天顏　持盃滿勸龍頭客榮遇時難得詞

源三峽瀉瞿塘便是醉中空去也無妨

鵲橋仙 上主管壽送南康酒北棃

南州名酒北園珍果都與黄香爲壽風流文物是家傳睨血指旁觀袖手 東君消息西山爽氣總聚公家户牖舊時曾識玉堂仙在帝簡頻開薦口

又

黄陵廟下送君歸去上水船兒一隻離歌聲斷酒盃空容易裡東西南北 重湖風月九秋顥氣冉冉新愁如

織我家住在楚江濱為頻寄雙魚尺素

又 吴伯承侍兒

明珠盈斗黄金作屋占了湘中秋色金風玉露不勝情看天上人間今夕 枝頭一點琴心三疊算有詩名消得野堂從此不蕭踈何日向尊前喚客

又 邢少連送末利

北窓涼透南窓月上浴罷滿懷風露不知何處有花來但怪底清香無數 炎州珍産吴兒未識天與人間獨

步冰肌玉骨歲寒時倩閭止堂中留住閭止少連堂名

又上運使壽

東明大士吾家老子是一元知非二芙移甘雨趂生朝作萬里豐年歡喜　司空山上長沙星裡乞與無邊祥瑞仙鄉日月正常春笑人說長生久視

踏莎行長沙花極小作此詞并二枝為伯承欽夫諸兄一觴之為

洛下根株江南栽種天香國色千金重花邊三閣建康春風前十里揚州夢　油壁輕車青絲短鞚看花日日

催賓從而今何許定王城一枝且為鄰翁送

又 別劉子思

古木叢祠孤舟野渡青年與客分攜處漠漠愁陰嶺上雲瀟瀟別意溪邊樹　我已北歸君方南去天涯客裡多歧路須君早出瘴煙來江南山色青無數

又 五月十三日夜月甚佳戲作

藕葉池塘榕陰庭院年時好月今宵見雲鬟玉臂共清寒冰綃霧縠誰裁翦　撲粉香綿侵塵寶扇遥知掩抑

成淒怨去程何許是歸程離腸為我深深勸

又

旋葺荒園初開小徑物華還與東風競曲檻暉暉落照明高城冉冉孤煙暝　柳色金寒梅花雪淨道人隨處成幽興一盃不惜小留連歸期已理滄浪艇

又

萬里扁舟五年三至故人相見尤堪喜山陰乘興不須回眺耶問疾誰為對　不藥身輕高談心會怱怱我又

成歸計他時江海肯相尋綠蓑青箬看清貴

又 朱漕生朝

桂嶺南邊湘江東畔四年兩見生申旦知君心地與天通天教仙骨年年換 便趂秋風横翔霄漢相看黄紙書來喚但令丹鼎永頻添莫辭酒盞春無算

菩薩蠻 諸客往赴東鄰之集戲作此小詞

庭葉翻翻秋向晚砧聲敲月催金剪樓上已清寒不堪頻倚欄 鄰翁開社瓮喚客情應重不醉且無歸醉時

歸路迷

又

雪消墻角收燈後野梅官柳春全透池閣又東風燭花燒夜紅　一尊留好客敧盡欄杆月已醉不須歸試聽烏夜啼

又 立春

綵金縷翠幡兒小裁羅撚線花枝裊明日是新春春風生鬢雲　吳霜看點染愁裡春來淺只願此花枝年年

常戴伊

又

蘼蕪白芷愁煙渚曲瓊飛捲江南雨心事怯衣單樓高生晚寒　雲鬟香霧濕翠袖凄餘泣春去有來時春從沙際歸

又

恰則春來春又去憑誰説與春教住試問坐中人幾回迎送春　明年春更好只怕人先老春去有來時願春

長見伊

又 林柳州生朝

史君家枕吳波碧朱門鋪手搖雙戟也到嶺邊州真成汗漫遊　歸期應不遠趂得東江暖翁媼雪垂肩雙雙平地仙

生查子 詠摺疊扇

宮紗蜂赶梅寶篆鸞開翅數摺聚清風一捻生秋意搖搖雲母輕裊裊瓊枝細莫解玉連環恐作飛花墜

臨江仙 帥長沙寄静江三故人張仲欽朱漕滕憲

試問宜齋樓下竹年来應長新篁使君五嶺又三湘舊游知好在熱處更難忘 尚念論心舒嘯不只今湖海相望遥憐陰至酒尊涼舉觴須酹我樓外是清江

又

罨畫樓前初立馬隔簾笑語相親鉛華洗盡見天真衫兒輕單霧髻子直梳雲 翠葉銀絲簪末利櫻桃澹注香唇見人不語解留人數盃愁裡酒兩眼醉時春

二郎神

坐中客共千里瀟湘秋色漸萬寶西成農事了羅䆉看黄雲阡陌橋口橘州風浪穩嶽鎮聳倚天青壁追前事興亡相續空與山川陳迹　南國都會繁盛依然似昔聚翠羽明珠三市滿樓觀湧參差金碧乞巧處家家追樂事爭要做豐年七夕願明年强健百姓歡娛還如今日

浣溪沙

只倚精忠不要兵卷旗直入蔡州城賊營半夜落妖星

萬旅連屯看整暇十眉環坐却娉婷白麻早晚下天庭

又 餞劉共甫

玉節珠幡出翰林詩書謀帥眷方深威聲虎嘯復龍吟

我是先生門下士相逢有酒莫辭斟高山流水遇知音

又

絶代佳人淑且貞雲為肌骨玉為神燭前花底不勝春
倚竹袖長寒捲翠凌波韈小暗生塵十分京洛舊來
人

又

行盡瀟湘到洞庭楚天濶處數峯青旗梢不動晚波平
紅蓼一灣紋纈亂白魚雙尾玉刀明夜涼水影浸疎
星

又

只説閩山錦繡幃忽從團扇得生枝綯紅衫子映豐肌
春線應憐壺漏永夜針頻見燭花催塵飛一騎憶來
時

又 瑞香

臘後春前別一般梅花枯澹水仙寒翠雲裘着紫霞冠
妙品只令推第一寶香原不是人間為君更酌小龍
團

又 餞別鄭憲

寳蠟燒香夜影紅梅花枝旁錦熏籠曲瓊低捲瑞香風
萬里江山供燕几一時賓主看談鋒問君歸計莫怱怱

又 荆州約馬舉先登城樓觀塞

霜日明霄水蘸空鳴鞘聲裡繡旗紅澹煙衰草有無中
萬里中原烽火北一尊濁酒戍樓東酒闌揮淚向悲風

又 再用韻

宮柳垂垂碧照空九門深處五雲紅朱衣只在殿當中
細撚絲梢龍尾北緩擕綸旨鳳城東阿婆三五笑春
風

于湖詞卷二

欽定四庫全書

于湖詞卷三

宋　張孝祥　撰

浣溪沙

六客西來共一舟吳兒蹋浪翦輕鷗水光山影翠相浮

我欲吹簫明月下略須停棹晚風頭從前三五到蘄州

又

已是人間不繫舟此心元自不驚鷗卧看駭浪與天浮
對月只應頻舉酒臨風何必更搔頭暝煙多處是神
州

又 中秋十八客

同是登瀛冊府仙今朝聊結社中蓮胡笳按拍酒如泉
喚起封姨清晚暑更將荔子薦新圓從今三五夜嬋
娟

又

日暖簾幃春晝長纖纖玉手動秤牀低頭全不顧檀郎
荳蔻枝頭雙蛺蝶芙蓉花下兩鴛鴦壁間聞得唾絨
香

又 餞劉共交

射策金門記昔年又教潘翰入陶甄不妨衣鉢再三傳
粉淚但能添楚竹羅巾誰解繫吳船捧盃猶願小留
連

又 烱州亭定夫置酒作

灩灩湖光緑一圍脩林斷處白鷗飛天機雲錦韈空霏

乞我百弓真可老爲公一飲醉忘醉扁舟日日弄晴

暉

又 過臨川席上賦此詞

我是臨川舊史君而今欲作嶺南人重來遼鶴事猶新

去路政長仍酷暑主公交契更情親横秋閣上晚風

匀

又 同前

康樂亭前種此君重來風月苦留人兒童竹馬笑談新
今代孟甞仍好客政成歸去眷方新十眉環坐晚妝
匀

又

羅襪生塵洛浦東美人春夢鎖窻空眉山細蹙恨千重
海上蟠桃留結子渥洼天馬去追風不須多怨主人
公

西江月

諸老何煩薦口先生自簡淵衷千年聖學有深功妙處無非日用　已授一經圯下却須三顧隆中鴻鈞早晚轉春風我亦從君賈勇

又同僚餞宜齋

窓户青紅尚濕主人已作歸期坐中賔客盡鄒枚盛事他年誰寄　别酒深深頻勸離歌緩緩休催扁舟明日轉前溪好月相望千里

又

不識平原太守向來水北山人世間功業謾虧成華髮

蕭蕭滿鏡　幸有田園故里聊分風月江城西波池畔

晩波平袖手時來照影

又
代宣教上
母夫人壽

慈母行封大國老仙早上蓬山天憐陰德徧人間賜與

還丹七返　莫問清都紫府長教緑髩朱顔年年今日

綵衣斑兄弟同扶酒盞

又

冉冉寒生碧樹盈盈露濕黄花故人玉節有光華高會仍逢戲馬 世事只今如夢此身到處爲家與君相遇更天涯擕了茱萸醉把

又 庚樓陪諸公飲醉甚和尚巨源任子嚴陶茂安韻呈周悦道使刻之樓上

樓外疎星印水樓頭畫燭烘蓮憑高舉酒思猒猒征路虛無指點 酒興因君開濶山容向我增添一鈎新月弄纖纖濃霧花房半斂

又

十里輕紅自笑兩山濃翠相呼意行著脚到精廬借我繩牀小住　解飲不妨文字無心更狎鷗魚一聲長嘯暮煙孤袖手西湖歸去

減字木蘭花　上黄倅宅太淑人壽

慈闈生日見説今年年九十戲綵盈門大底孩兒七箇孫　人間喜事只這一般誰得似願我雙親都是君家太淑人

又

江頭送客楓葉荻花秋瑟瑟絃索休彈清淚無多怕濕衫故人相遇不醉如何歸得去我自忘歸煙滿空江月滿堤

又

一尊留夜寳蠟烘薫光激射凍合銅壺細聽冰簷夜剪酥清秋冉冉酒喚紅潮登玉臉明日重看玉界瓊樓特地寒

又 臘月二十六日立春

春如有意未接年華春已至春事還新多得年時五日春　春郊便緑只向臘殘春已足屈指元宵正是新春二十朝

又　贈尼

吹簫泛月往事悠悠那更説碎破琉璃陡覺從前萬事非　清齋淨戒休作斷腸垂淚話識破囂塵作箇逍遥物外人

又

柳花搊柳知道東君留意久慘緑愁紅憔悴都因一夜風輕狂蝴蝶擬欲扶持心又怯要免離披不告東君更告誰

憶秦娥

天一角高枝向我情如昨情如昨水寒煙淡霧輕雲薄吹花嚼蕊愁無託年華冉冉驚離索驚離索倩春留住莫教摇落

浣溪沙

溢浦從君已十年京江仍許借歸船相逢此地有因緣
十萬貔貅環武帳三千珠翠入歌筵功成去作地行
仙

又

一片西飛一片東高情已逐落花空舊歡休問幾時重
為習政如刀砥蜜掃除須著絜因風諸君持此問龐
公

柳梢青

碧雲風月無多莫被名韁利鎖白玉為車黄金作印不戀休呵　爭如對酒當歌人是人非說恁麼年少甘羅老成吕望必竟如何

醜奴兒

年年有箇人生日誰是君家誰是君家八十慈親髪未華　棠陰閣上棠陰滿滿勸流霞滿勸流霞來歲應添宰路沙

又

十分濟楚邦之媛此日追遊雨霽雲收夢入瀟湘不那愁　主人白玉堂中老曾侍銀旒滿酌瓊舟即上羲皇香案頭

又

珠煙壁月年時節纖手同攜今夕誰知自撚梅花勸一卮　逢人問道歸來也日月佳期管有來時趂得收燈也未遲

又

無雙誰似黄郎子自鄶無譏月滿星稀想見歌場夜打圍　畫眉京兆風流甚應賦蛜蝛楊柳依依何日文簫共駕歸

點絳唇

綺燕高張玉潭月麗玻璃滿旆霞行卷無復長安遠　夏木陰陰路裊薰風轉空留戀細吹銀管別意隨聲緩

又

四到蘄州今年更是逢重九應時納佑隨分開尊酒

屢舞婆娑醉我平生友休回首黄花未有明月疎疎柳

卜算子

雪月最相宜梅雪都清絶去歲江南見雪時月底梅花發　今歲早梅開依舊年時月冷艷孤光照眼明只欠些々兒雪

又

萬里去擔簦誰識新豐旅好事些々兒説與郎奴是姮娥侶　若到廣寒宫但道奴傳語待我仙郎折桂枝揀箇

高枝與

南歌子 上吳提宮壽

人物羲皇上詩名沈謝間漫郎元是漫為官醉眼瞢騰只擬看湘山　小隱真成趣鄰翁獨往還野堂梅柳尚春寒且趁華燈頻泛酒船寬

又

曾到蘄州否人人說使君使君才具合經綸小試邊城早晚上星辰　佳節重陽近新歌午夜清舉盃相屬莫

辭頻後日相思我已是行人

望江南 題南岸銓德觀

誒子醉獨立晚東風未識玉堂揮翰手只今楚澤釣魚翁萬里舉盃空 謀一笑與君同身老南山曾射虎眼高四海看飛鴻赤岸晚潮通

又

朝元去深殿扣瑶鐘天近月明黄道冷參回斗轉碧霄空身在九光中 風露下環珮響丁東玉案燒香縈翠

鳳松檀移影動蒼龍歸路海霞紅

柳梢青 蔣文粟兄趙朝錢文茹橫槎宗文如古籐孝祥置酒作别賦此以侑尊

滿城風雨重陽時節更催行色隴樹寒輕海山秋老清愁如織　一盃莫惜留連我亦是天涯倦客後夜相思水長山遠東西南北

又

草底蛩吟煙橫水際月澹松陰荷動香濃竹深涼早消盡煩襟　髮稀渾不勝簪更客裡吳霜暗侵富貴功名

本來無意何況如今

鳳棲梧

畫戟游閒刀入鞘安石榴花影落紅欄小似勸先生須飲酎枕中鴻寶徵傳妙　衮衮鋒車還急詔滿眼瀟湘總是恩波渺歸去槐庭思楚嶠觚稜月曉期分照

瑞鷓鴣

香珮潛分紫繡囊野塘波急折鴛鴦春風灞岸空回首落日西陵更斷腸　雪下哦詩憐謝女花間為令勝潘

郎從今千里同明月再約圓時拜夜香

青玉案 送頻統轄行

相春堂上聞鶯語正花柳芳菲處有底尊前權且舞滿堂賓客紫泥丹詔衮衮煙霄路 君王天縱資仁武要尺箠平蠻部思得英雄親駕馭將軍行矣九重虛佇談笑清寰宇

南鄉子 刑監廟餞送朱太傅張直閣阻雨賦此詞

江上送歸船風雨排空浪拍天賴有清尊澆別恨淒然

寶蠟燒花看吸川　楚舞趂湘絃熡響圍春錦帳氊坐上定知無俗客俱賢便是朱張與少連少連謂刑監廟

清平樂

光塵撲撲宮柳低迷綠闘鴨闌干春詰曲簾額微風繡戲　碧雲青翼無憑困來小倚雲屏楚夢未禁春晚黃鸝猶自聲聲

又

向來省左謀國參伊吕暫借良儔匪再舉談笑肅清三

楚 良辰上客徜徉奏篇欲記傳香此日一尊相屬他
時同在巖廊

又 詠梅

吹香嚼蕊獨立東風裡霧凍雲驕天似水羞殺夭桃穠
李 如今見説闌干不禁月冷霜寒嶺上驛程人遠城
頭戍角聲乾

霜天曉角

柳絲無力冉冉縈柔碧繫我船兒不住楚江上曉風急

棹歌休怨抑有人離恨極說道歸期不遠剛不信淚偷滴

歸梧謡 送劉郎

歸十萬人家兒様啼公歸去何日是來時

又

歸獵獵薰風卷繡旗攔教住重舉送行盃

又

歸數得宣麻拜相時秋前後公袞更萊衣

醜奴兒

伯鸞德耀賢夫婦見說宜家見說宜家庭際森森長玉華 天公遣注長生籍服日餐霞服日餐霞壽紀應須海算沙

蝶戀花

君泛仙槎銀海去後日相思地角天涯路草草盃盤深夜語冥冥四月黄梅雨 莫拾明珠并翠羽須使斯民愛我如慈母但得政成民按堵朝天衣袂翩翩舉

念奴嬌

海雲四斂太清樓極目一天秋色明月飛來雲霧盡城郭山川歷歷良夜悠悠西風嫋嫋銀漢冰輪側雲霓三弄廣寒宮殿長笛　偏照紫府瑶臺香籠玉座翠靄迷南北天上人間凝望處應有乘風歸客露滴金盤涼生玉宇滿地新霜白壺中清賞畫簷高掛虛碧

又

風帆更起望一天秋色離愁無數明日重陽尊酒裡誰

與黄花為主别岸風煙孤舟燈火今夕知何處不如江

月照伊清夜同去　船過采石江邊望夫山下酌水應

懷古德耀歸來雖富貴忍棄平生荆布默想音容遥憐

兒女獨立衡皋暮桐鄉君子念予憔悴如許

拾翠羽

春入園林花信總諸遲速聽鳴禽稍遷喬木夭桃弄色

海棠芬馥風雨霽芳徑草心頻緑　禊事纔過相次禁

煙追逐想千歲楚人遺俗青旗沽酒各家炊熟良夜遊

明月勝燒花燭

蝶戀花 秦樂家賞花

爛爛明霞紅日暮艷艷輕雲皓月光初吐傾國傾城恨無語綵鸞祥鳳來還去　愛花常為花留住今歲風光又是前春處醉倒扶歸也休訴習池人笑山翁語

又

恰則杏花紅一樹撚指來時結子青無數漠漠春陰纏柳絮一天風雨將春去　春到家山須少住芍藥櫻桃

更是尋芳處曉院碧蓮三百畝留春伴我春應許

踏莎行

楊柳東風海棠春雨清愁冉冉無來處曲徑驚飛蛺蝶叢回塘凍濕鴛鴦侶　舞徹霓裳歌殘金縷蘼蕪白芷愁煙渚欲識陽臺夢裡雲細聽華表歸來語

漁家傲 紅白蓮不可並栽用酒盆種之遂皆有花呈周倅

紅白蓮房生一處雪肌霞艶難為喻當是神仙來紫府雙稟賦人間相見猶相妒　清雨輕煙凝態度風標公

子來幽鷺欲遣微波傳尺素歌曲悞醉中自有周郎顧

夜遊宮 句景亭

聽話危亭句景芳郊迥草長川永不待崇岡與峻嶺倚欄杆望無窮心已領　萬事浮雲影最曠瀾鷺閒鷗靜好是炎天煙雨醒柳陰濃芰荷香風日冷

鷓鴣天

月地雲堦歡意闌仙姿不合住人間驂鸞已恨車塵遠泣鳳空餘燭影殘　情脉脉淚珊珊梅花音信隔關山

只應楚雨清留夢不那吴霜緑易班

又　詠桃菊花

桃換肌膚菊換妝只疑春色到重陽偷將天上千年艶染却人間九日黄　新艶冶舊風光東籬分付武陵香罇前醉眼空相顧錯認陶潛是阮郎

又　送陳倅正字攝陜西

人物風流冊府仙誰教落魄到窮邊獨班来引甘泉伏三峽先尋上水船　斟楚酒扣湘絃竹枝歌裡意悽然

閒時合下清猿淚靜日頻題綠鳳牋

菩薩蠻 西齋爲杏花寫言

臙脂淺染雙珠樹春風到處嬌無數不語恨懨懨何人思故園　故園花爛漫笑我歸來晚我老只思歸故園花雨時

又 回文

落霞殘照横西閣閣西横照殘霞落波淺戲魚多多魚戲淺波　手攜行客酒酒客行攜手腸斷九歌長長歌

九斷腸

又 回文

渚蓮紅亂風翻雨雨翻風亂紅蓮渚深處宿幽禽禽幽
宿處深　澹粧秋水鑑鑑水秋粧澹明月思人情情人
思月明

又 回文

晚花殘雨風簾捲捲簾風雨殘花晚雙燕語虛窓窓虛
語燕雙　睡醒風惬意意惬風醒睡誰與話情詩詩情

話與誰

又 回文

白頭人笑花間客客間花笑人頭白年去似流川川流似去年　老羞何事好好事何羞老紅袖舞香風風香舞袖紅

又

玉龍細點三更月庭花影下餘殘雪寒色到書帷有人清夢迷　牆西歌吹好獨煖香閨小多病怯盃觴不禁

冬夜長

南歌子 過嚴關

路盡湘江水人行瘴霧間昏昏西北渡嚴關天外一簪初見嶺南山 北雁連書斷秋霜點鬢斑此行休問幾時還唯擬桂林佳處過春殘

鵲橋仙

湘江東畔去年今日堂上簪纓羅綺弟兄今日拜尊前共一笑歡歡喜喜 渚宫風月邊城鼓角更好親庭一

醉醉時重唱去年詞願來歲强如今歲

燕歸梁

風柳搖絲花纏枝滿目韶輝離鴻過盡百勞飛都不似燕來歸　舊時王謝堂前地情分獨依依畫梁雕拱啓朱扉看雙舞羽人衣

訴衷情　牡丹

亂紅深紫過羣芳初欲減春光花王自有標格塵外鎖韶陽　留國艷問仙鄉自天香翠帷遮日紅燭通宵與

醉千觴

浣溪沙 母氏生辰老者同在舟中

穩泛仙舟上錦帆桃花春浪舞清灣壽星相伴到人間黄石公傳三百字西王母授九霞丹銀潢有路接三山

又 以貢茶沉水為齊伯壽

北苑先春小鳳團炎州沉水勝龍涎殷勤送與繡衣仙玉食向來思苦口芳名久合上凌煙天教富貴出長

年

又

發公安風月甚佳明日至石首風雨驟至留三日同行諸公皆有詞孝祥用韻

方船載酒下江東孤館横時浪拍空萬山紫翠晚雲重擬看岳陽樓上月不禁石首岸頭風作戕我欲問龍公

卜算子

風生杜若洲日暮垂楊浦行到田田亂葉邊不見凌波女獨自倚危欄欲向荷花語無奈荷花不應人背立

啼紅雨

點絳唇

萱草榴花畫堂永晝風清暑麝團菰黍助泛菖蒲醑

兵辟神符命續同心縷宜歡聚綺筵歌舞歲歲酬重午

又

秩秩賓筵玉潭春漲玻瓈滿旆霞風捲可但長安遠

夏木成陰路裊薰風轉空留戀細吹銀管別意隨聲緩

西江月

風盡灘聲未已雨來篷底先知岸邊楊柳最憐伊憶得扁舟曾繫　朝霧平吞白塔茅檐似有青旗三盃村酒醉如沉天色寒呵且睡

又　以寶鼎隋人寫小字蓮經為總得壽

漢鑄九金神缶隋書小字蓮經剛風劫火轉青冥護守應煩仙聖　昨夢傳來帝所令朝壽我親庭只將此寶伴長生談笑中原底定

又　飲百花亭為武夷樞密先生作亭堂廬山雙劍峯為惡竹所蔽是夕盡伐去

落日鎔金萬頃晴嵐洗劒雙峰紫樞元是黑頭公佳處
因公愈重 分得湖光一曲喚回廬岳千峰一尊今夜
偶然同早晚商巖有夢

水調歌頭 方務德生日

紫橐論思舊碧落拜除新内家敕使傳詔親付玉麒麟
千里江山增麗是處旌旗改色佳氣鬱輪囷看取連宵
雪借與萬家春 建崇牙開盛府是生辰十洲三島都
向今日祝松椿多少活人陰德合享無邊長壽惟有我

知君來歲更今日一氣轉洪鈞

又 過岳陽樓作

湖海倦遊客江漢有歸舟西風千里送我今夜岳陽樓日落君山雲氣春到沅湘草木遠思渺難收徙倚欄杆久缺月掛簾鈎雄三楚吞七澤隘九州人間好處何處更似此樓頭欲弔沉累無所但有漁兒樵子哀此寫離憂回首叫虞舜杜若滿芳洲

于湖詞卷三

海野詞

曾覿

欽定四庫全書　集部十

提要　詞曲類　詞集之屬

海野詞

臣等謹案海野詞一卷宋曾覿撰覿有海野集已著錄初孝宗在潛邸時覿為建王內知客常與觴詠唱酬卷首水龍吟後闋有云攜手西園宴罷下瑤臺醉魂初醒即紀承寵游宴之事故用飛蓋西園故實以後常侍宴應

制如阮郎歸賦燕柳梢青賦柳諸詞亦其時所作覩又嘗見東都之盛故奉使過京作金人捧露盤邯鄲道上作憶秦娥重到臨安作感皇恩等闋黄昇花菴詞選謂其語多感慨悽然有黍離之悲雖與龍大淵朋比作姦名列宋史佞倖傳中為談藝者所不齒而才華富艷實有可觀過而存之亦選六朝詩者不遺江總選唐詩者不遺崔湜宗楚客例也

審齋詞

臣等謹案審齋詞一卷宋王千秋撰千秋字錫老審齋其號也東平人陳振孫書録解題載審齋詞一卷而不詳其始末據卷内有壽韓南澗生日及席上贈梁次張二詞南澗名元吉隆興中為吏部尚書次張名安世淳熙中為桂林轉運使是千秋為孝宗時人矣惟安世詩稱千秋為金陵耆舊與陳振孫所稱

爲東平人不合或流寓於金陵耶毛晉跋稱其詞多酬賀之作然生日諛詞南宋人集中皆有何獨刻責於千秋况其體本花間而出入於東坡門徑風格秀拔要自不雜俚音南渡之後亦卓然爲一作手黄昇中興詞選不見採録或偶未見其本耳晉跋遽以絶少綺艷評之亦殊未允集中如憶秦娥清平樂好事近虞美人點絳唇以及詠花諸作短歌微

吟興復不淺何必屯田樂章始為情語也乾

隆四十九年七月恭校上

總纂官臣紀昀臣陸錫熊臣孫士毅

總校官臣陸費墀

欽定四庫全書

提要

三

欽定四庫全書

海野詞

宋 曾覿 撰

水龍吟

楚天千里無雲露華洗出秋容淨銀蟾臺榭玉壺天地參差桂影鴛瓦寒生畫簷光射碧梧金井聽韶華半夜江梅三弄風嫋嫋良宵永　攜手西園宴罷下瑤臺醉魂初醒吹簫仙子驂鸞歸路一襟清興鵁鶄樓高建章

門迴星河耿耿看滄江潮上丹楓葉落浸關山冷

念奴嬌

霽天湛碧正新凉風露冰壺清徹河漢無聲波浪靜湧出銀蟾孤絶岩桂香飄井梧影轉冷浸宫袍潔西厢往事一簾幽夢淒切　腸斷楚峽雲歸樽前無緒只有愁如髪此夕姮娥應也恨冷落瓊樓金闕禁漏迢迢邊鴻杳杳密意憑誰説闌干星漢落梅三弄初闋

又　席上賦林檎花

羣花漸老向曉來微雨芳心初拆拂掠嬌紅香旖旎渾欲不勝春色淡月梨花新晴繁杏裝點成標格風光都在半開深院人寂　剛要買斷東風裊欒枝低映舞茵歌席記得當時曾共賞玉人纖手輕摘醉裏妖嬈睡時風韵比並堪端的誰知顣額對花空恁思憶

又　賞芍藥

人生行樂算一春歡賞都來幾日綠暗紅稀春已去贏得星星頭白醉裏狂歌花前起舞拚罰金盃百淋滴宮

錦忍辜妖豔姿色　須信殿得韶光秖愁花謝又作經年別嫩紫嬌紅還解語應為主人留客月落烏啼酒闌燭暗離緒傷吳越竹西歌吹不堪老去重憶

又

余年十八寓符離臨行作此詞

媚容素態比羣花贏了風流顏色昵枕低幃銷受得遮莫輕怜深惜怎望如今瓶沉簪折驀地成疎隔曉雲夕雨甚時重見蹤跡　門外暫泊蘭舟一行霜樹又一重山碧淚眼相看爭忍望天際孤村寒驛下水無情催人

東去去也添愁寂鱗鴻方便為人傳箇消息

瑞鶴仙

陡寒生翠幕凍雲垂繽紛飛雪初落縈風度池閣蝸餘妍時趁舞腰纖弱江天漠漠認殘梅吹散畫角正貂裘乍怯黄昏院宇入簷飄泊　依約銀河迢遞種玉羣仙共驂鸞鶴東君未覺先春綻萬花蕚向樽前已喜豐年呈瑞人間何事最樂擁笙歌繡閣低帷縱歡細酌

傾盃樂　仙呂　席上賞雪

錦帳寒添畫簷雀噪凍雲布野望空際瑶峰微吐瓊花初綻江山如畫裁冰剪水裝鴛瓦杳旗亭路依稀管絃臺榭倚小樓佳興一行珠簾不下　隨縷板歌聲閒暇傍翠袖雲鬟怜豔冶似佯醉不耐嬌羞濃歡旋學風雅向暄色雙鸞舞罷紅獸暝春生金斝但殢飲香露捲壺天不夜

木蘭花慢長樂臺晚望偶成

正枝頭荔子晚紅皺裊熏風對碧瓦迷雲青山似浪迓

照浮空高臺稱吟眺處繁華清勝兩兩無窮簾捲榕陰暮合萬家香靄渲濛　年光冉冉逐飛鴻嘆雨跡雲蹤漸暑退蘭房涼生象簟知與誰同臨鸞晚粧初罷怨清宵好夢不相逢看即天涯秋也恨隨一葉梧桐

水調歌頭　書懷

溪山多勝事詩酒辦清游主人為我增葺臺榭足凝眸髣髴玉壺天地隱見瀛洲風月千首傲王侯誰與共登眺公子氣橫秋　記當年曾共醉庾公樓一盃此際重

話前事逐東流多謝兼金清唱更擬重陽佳節挼菊任
扶頭但願身長健浮世拚悠悠

又

圖畫上麟閣莫使鬢先秋壯年豪氣無奈黯黯陣雲浮
常記青油幕下一矢聊城飛去談笑靜邊頭勛業出無
意非為快恩讎 卷龍韜隨鳳詔與時謀朱旛皂蓋南
下聊試海山州邂逅故人相見俯仰浮生今古螻蟻共
王侯萬事偶然耳風月恣嬉遊

又 和南劍薛倅

長樂富山水杖屨足追遊故人千里西望雙劍黯廻眸多謝扁舟棄輿慰我天涯覊思何必羡封侯暮雨疎簾捲爽氣颯如秋　送征鴻浮大白倚危樓參横月落耿耿河漢近人流堪嘆人生離合後日征鞍西去別語却從頭老矣江邊路清興漫悠悠

醉蓬萊 侍宴德壽宮應制賦假山

向逍遥物外造化工夫做成幽致杳靄壺天映滿空蒼

翠聳秀峰巒媚春花木對玉階金砌方丈瀛洲非煙非
霧恍移平地 況值良辰宴遊時候日永風和暮春天
氣金母龜臺傍碧桃陰裏地久天長父堯子舜燦綺羅
佳會一部仙韶九重鸞仗年年同醉

滿庭芳 賞牡丹

冶態輕盈香風搖蕩畫欄淑景初長彩霞深處明艷奪
昭陽試問沉香舊事應歡我莫負韶光多情是低徊顧
影雲幕淡微涼 人間春更好一枝斜插猶記疎狂到

如今潘鬢暗點吳霜樂事直須年少何妨拚一醉千觴
醺醺醉壺天向晚春思正悠揚

燕山亭 中秋諸王席上作

河漢風清庭户夜涼皓月澄秋時候冰鑑乍開跨海飛
來光掩滿天星斗四捲珠簾漸移影寶階鴛甃還又看
歲歲嬋娟向人依舊　朱邸高宴簪纓正歌吹瑶臺舞
翻宫袖銀管競酧棣萼相輝風流古來誰有玉笛橫空
更聽徹霓裳三春難偶拚醉倒參橫曉漏

又 楊廉訪生日

玉立明光才業冠倫漢歷方承休運江左奏功塞壘宣威紫綬幾垂金印歲晚歸來望丹極新清氛祲忠憤著撓節朋儔便成嘉遯 千載雲海茫茫記舉目新亭壯懷難盡蝴蝶夢驚化鶴飛還榮華等閒一瞬七十樽前算疇昔都無可恨休問長占取朱顏綠鬢

沁園春 初冬夜坐聞淮上捷音次韻

更漏迢迢乍寒天氣畫燭對牀正井梧飄砌邊鴻度月

故人何處水遠山長老去功名年來情緒寛盡寒衣銷
舊香除非是仗蠻牋象管時伴吟窗　詞章莫話行藏
且喜見捷書来帝鄉看鋭師雲合塵氛電埽隋堤宫柳
依舊成行夢遶他年青門紫陌對酒花前歌正當空成
恨奈潘郎两鬢新點吳霜

喜遷鶯

鴈塔題名寳津盼宴盛事簪紳常説文物昭融聖代搜
羅千里爭趨丹闕元侯勸駕卿老獻書發軔龜前列山

川秀園觀衆多無如閩越　豪傑姓標紅紙帖報泥金喜信歸來俱捷騎馬蘆鞭醉垂藍綬吹雪芳菲華月素娥情厚桂花一任郎君折會須滿引南臺又是合沙時節

浣溪沙 櫻桃

縠雨郊園喜弄晴滿林璀璨綴繁星筠籃新採絳珠傾樊素扇邊歌未發葛洪爐内藥初成金盤乳酪齒流冰

傳言玉女

鳳闕龍樓清夜月華初照萬點星毬護花梢寒峭華胥夢裏老去歡情終少花愁酔悶總消除了　紫陌嬉遊不似少年懷抱珠簾十里聽笙簫聲杳幽期密約暗想淺顰輕笑良時莫負玉山頹倒

好事近仰賡聖製

搖颺杏花風遲日淡陰雙闕絲管緩隨檀板看舞腰廻雪　龍舟閒艤畫橋邊須趁好花折頻勸御盃宜滿正

清歌初闋

又 嚴陵柳守席上

一夢别長安山路雨斜風細行到子陵灘畔謝主人深意多情低唱下梁塵拚十分沉醉去也為伊消瘦悄不禁思憶

又

霽雪好風光恰是相逢時節酒量不禁頻勸便醉倒人側 嚴城更漏夜厭厭應有斷腸客莫問落梅三弄喜

一枝春折

柳梢青　侍宴禁中賀張知閤應制作

梅粉輕勻和風布暖芳徑無塵鳳閣凌虛龍池澄碧芳意鱗鱗　清時酒聖花神對内苑風光又新一部仙韶九重鸞仗天上長春

又　臨安春會泛舟湖中胡師索詞因賦

花柳爭春湖山競秀恰近清明綺席從容蘭舟搖曳穩泛波平　君恩許宴簪纓密座仍多故情一部清音

兩行紅粉醉入嚴城

又 山林堂席上以主人之意解嘲

品雅風流端端正正堪人怜惜因甚新來眉兒不展愁情如織 倡條冶葉無情猶為他千思萬憶據德當初真心實意如何虧得

春光好 侍宴苑中賞杏花

臙脂膩粉光輕正新晴枝上鬧紅無處著近清明 仙娥進酒多情向花下相鬬盈盈不惜十分傾玉斝惜凋

零

又 感舊

心下事不思量自難忘花底夢迴春漠漠恨偏長　閒日多少韶光雕闌静芳草池塘風急落紅留不住又斜陽

又

槐陰密蔗漿寒荔枝丹珍重主人怜客意薦雕盤　多情翠袖凭欄晚粧罷誰與共歡簾捲玉鈎風細細斂眉

山

減字木蘭花　席上賞宴賜牡丹之作

一聲杜宇滿地落紅愁不語國色春嬌不逐風前柳絮飄

珠簾休捲愛惜龍香藏粉豔勝友俱來同醉君恩倒玉盃

點絳唇　慶節席上

壁月香風萬家簾幕煙如畫鬧娥雪柳人似梅花瘦

行樂清時莫惜笙歌奏更闌後滿斟金斗且醉厭厭酒

又

細雨斜風上元燈火還空過下簾孤坐老去知因果風月詞情冷落教誰和今忘我靜中看破萬事空花墮

浣溪沙 奉詒次韻張池州賞杏聽琵琶

豔杏紅芳透粉肌沉香亭宴太真妃新晴庭館燕來遲試抹幺絃粧半掩滿斟緑醑袖交飛九重天上捧金卮

又 鄭相席上贈舞者

元是昭陽宫裏人驚鴻宛轉掌中身只疑飛過洞庭雲
按徹涼州蓮步緊好風吹裊一枝新畫堂香暖不勝
春

又

綺陌尋芳惜少年長楸走馬著金鞭玉樓春醉杏花前
鬭額如今誰作伴别離還近養花天碧雲凝處憶嬋
娟

又

一扇熏風入座涼輕雲微雨弄晴光緑團梅子未成黃漸近日長愁悶處更堪羇旅送歸艎亂山重疊水茫茫

釵頭鳳 向誤作清商怨

華燈鬧銀蟾照萬家羅幕香風遶金樽側花顏色醉裏人人向伊情極惜惜惜 春寒峭腰肢小鬢雲斜嚲蛾兒裊清宵寂香閨隔好夢難尋雨蹤雲跡憶憶憶

訴衷情 夜直殿廬晚雪因作 花菴作宮怨

建章宫殿晚生寒飛雪點朱闌舞腰緩隨檀板輕絮殢
春閑　愁思亂酒腸慳漏將殘玉人今夜滴粉搓酥應
歛眉山

又　趙德夫還延平因語舊遊作此以贈之

半鈎珠箔小揚州春色在重樓曾醉玳筵歌舞夢苦
難留　情脉脉恨悠悠幾時休大都人世會少離多總
是閒愁

又

晚粧初試蕋珠宫隨步異香濃檀槽緩垂鸞帶纎指撚春葱　鶯語巧上林中正嬌慵暫教花下簾影微開多謝東風

又　史丞相宴曲水席上作

蘭亭曲水擅風流移宴向清秋黄花未應簇額盞面尚堪浮　園䕅質發歌喉細相酧明年此會主人還是在鳳池頭

轉調踏莎行

翠幄成陰誰家簾幙綺羅香擁處觥籌錯清和將近春寒更薄高歌看簌簌梁塵落　好景良辰人生行樂金盃無奈是苦相虐殘紅飛盡裊垂楊輕弱來歲斷不負鶯花約

眼兒媚　閨思

花近清明晚風寒錦幄獸香殘醺醺醉裏匆匆相見重聽哀彈　春情入指鶯聲碎危柱不勝絃十分得意一塲輕夢淡月闌干

又

重勸離觴淚相看寂莫上征鞍臨行欲話風流心事萬緒千端　春光漫漫人千里歸夢遶長安不堪向晚孤城吹角回首關山

蝶戀花 惜春

翠箔垂雲香噴霧年少疎狂載酒尋芳路多少惜花春意緒勸人金盞歌金縷　桃杏飄零風景暮只有閒愁不逐流年去舊事而今誰共語畫樓空指行雲處

又 三月上巳應制

御柳風柔春正暖紫殿朱樓赫奕祥光遶十二玉龍迎鳳輦香騰錦繡聞絃管　扇却雙鸞開寶宴綠遶紅圍宣勸金巵滿萬歲千秋流寵眷此身欲備昭陽燕

隔浦蓮 詠白蓮

涼秋湖上過雨作意囘商素暗綠翻輕蓋蕭然姑射儔侶粧臉宜淡佇紅衣妬步襪凌波去　異香度天教占斷風汀月浦煙渚纖塵不到夢遠玉壺清處多少芳心

待怨訴無語飛來一片鷗鷺

浪淘沙 觀潮作

一線海門來雪噴雲開崑山移玉下瑶臺捲地西風吹不斷直到蓬萊 羯鼓噪春雷鼉舞蛟回歌樓鼓吹夕陽催今古清愁流不盡都一罇罍

驀山溪 坤寧殿得旨次韻賦照水梅花

催花小雨輕挹香塵洒簾捲水亭風梅影轉夕陽初下靚粧窺鑑鴛鴦甃湛清漪浮暗麝剪芳瓊消得連城價

玉樓十二寒怯銖衣掛曾是緑華仙眷餘情新詞如畫

花隨人聖須信世無雙騰鳳吹駐鑾轝堪與瑶池亞

又 暮秋賞梨花

凋紅減翠正是清秋杪深院嫋香風看梨花一枝開早

瓏璁映面依約認嬌顰天淡淡月溶溶春意知多少

清明池館芳信年年好更向五矦家把江梅風光占了

休教寂莫辜負向人心檀板響寶盃傾滿鬢從他老

感皇恩 重到臨安

依舊惜春心花枝常好只恐樽前被花笑少年青鬢耐得幾番重到舊歡重記省如天杳　綺陌青門斜陽遍芳草今古銷沉送人老帝城春事又是等閒來了亂紅隨過雨鶯聲悄

阮郎歸上苑初夏侍宴池上雙飛新燕掠水而去得旨賦之

柳陰庭館占風光呢喃清晝長碧波新漲小池塘雙雙蹴水忙　萍散漫絮飄颺輕盈體態狂為憐流去落紅香銜將歸畫梁

鷓鴣天 選德殿賞燈先宴梅堂侍兩宮沾醉口占

龍馭親迎玉輦來江梅枝上雪培堆東風工苑春光到更放金蓮匝地開 騰鳳吹進瑶盃兩宮交勸正歡諧父慈子孝從今數準擬開筵一萬廻

又 奉和伯可郎中席上見贈

桃李飄零春已深可憐輕負惜花心樽前賴有紅千疊窗外休驚綠滿林 燈灼灼醉沉沉笙歌叢裏酒頻斟留歡且莫匆匆去悵望春歸何處尋

又 丁堂淨惠師示予寒食感懷二闋因次其韻

每工春泥向曉乾花間幽鳥舞姍姍年華不管人將老門外東風依舊寒　投簪易息機難鹿門歸路不曾闌羨君早覺無生法識破南柯一夢閑

又

故鄉寒食醉酡顏鞦韆綵索肱斕斑如今頭上灰三斗贏得疎慵到處閑　鐘已動漏將殘浮生猶恨別離難鑊湯轉作清涼地只在人心那樣看

定風波 應制聽琵琶作

捍撥金泥雅製新紫檀槽映小腰身婭姹雛鶯相對語欣覩上林花底暎生春　颯颯風沙飛指下休訝一般奇絶稱精神向道曲終多少意須記昭陽殿裏舊承恩

又 賞牡丹席上走筆

上苑穠芳初雨晴香風嫋嫋泛軒楹猶記洛陽開小宴嬌面粉光依約認傾城　流落江南重此會相對金蕉蘸甲十分傾怕見人間春更好向道如今老去尚多情

又 題續宅江樓

極目秋光夕照開潮頭初自海門來杳杳江天横一線如練疾驅千騎怒聲催　傑檻翠飛爭徙倚忽睇一行新雁去仍廻翠袖半空歌笑迴低映十分沉醉勸金盃

又

天語丁寧對未央少攄素志向荆襄烜赫家聲今不墜英偉風姿颯爽紫髯郎　别酒一盃君莫阻歌舞燭前粉黛儼成行領略大堤花好處無緒也應回首水雲鄉

南鄉子 文叔開樽席上作花菴作别意

霜月晚雲收蕭瑟西風滿院秋雅會難期嗟易散遲留把酒聽歌且勸酬 萬事揔悠悠只有情親意未休後夜扁舟煙浪裏回頭葉葉丹楓總是愁

憶秦娥

晴空碧吴山染就丹青色丹青色西風揺落可堪淒惻世情冷煖君應識鬢邊各自侵尋白侵尋白江南江北幾時歸得

又

西風節碧雲捲盡秋宵月秋宵月關河千里照人離别

樽前俱是天涯客那堪三載遥相憶遥相憶年光依

舊漸成華髮

又賞雪席上

暮雲慼小亭帯雪斟醽醁斟醽醁一聲羌管落梅蔌蔌

舞衣旋趂霓裳曲倚闌相對人如玉人如玉錦屏羅

幌看成不足

又

正飛雪園林一樣梨花白梨花白晝堂簾捲暝生春色

嵇康轉軸聲幽噎新來多病嬌無力嬌無力淺紅轉

黛自然標格

又 邯鄲道上望叢臺有感

秋蕭瑟邯鄲古道傷行客傷行客繁華一瞬不堪思憶

叢臺歌舞無消息金樽玉管空陳跡空陳跡連天草

樹暮雲凝碧

鵲橋仙 同舍郎載酒見過醉後作

菊花小摘西風斜照簾影輕籠暄色玉樽側倒莫辭空滿座賓朋齊弁側　鄉邦萬里北來年少幾箇如今在得扶頭一任且留連歎人世光陰半百

清平樂

松姿不老獨立蓬萊杪風捲流蘇香霧曉又是江梅開了　丹青早畫麒麟貂蟬自屬王門閒道碧桃花綻一枝枝祝千春

長相思

清夜長泛玉觴照座江梅花正芳風傳細細香　圍豔粧留醉鄉一曲清歌聲遶梁樽前人斷腸

虞美人　中秋前兩夜作

芙蓉池畔都開遍又是西風晚霽天碧淨暄雲收漸看一輪氷魄冷懸秋　閩山層疊迷歸路把酒寬愁緒舊歡新恨幾淒涼暗想瀛洲何夢悠揚

採桑子　清明

清明池館晴還雨綠漲溶溶花裏遊蜂宿粉棲香錦繡中　玉簫聲斷人何處依舊春風萬點愁紅亂逐煙波總向東

朝中措　趙知閣生日

畫堂簾捲獸香濃花上雪玲瓏平地十洲三島蟠桃已試春紅　清朝舊德仙姿難老主眷方隆爛醉笙歌叢裏年年年先占春風

又　山父賞牡丹酒半作

畫堂欄檻占韶光端不負年芳依倚東風初曉數行濃淡仙粧　停盃醉折多情多恨冶豔真香只恐去為雲雨夢魂時惱襄王

又

金沙架上日璁瓏濃綠襯輕紅花下兩行紅袖直疑春在壺中　如今尚覺惜花愛酒依舊情濃無限少年心緒從教醉倒東風

又

休論社燕與秋鴻時節太匆匆海上一番微雨朱門濃綠陰中　主人情厚金盃滿泛且共從容莫問鶯花俱老今朝猶是春風

又

西湖南北舊遊空誰料一樽同回首四年間事渾如飛絮濛濛　林花謝了明年春到依舊芳容惟有朱顏綠鬢暗隨流水常東

又　席上贈南劔翟守

雙溪樓上凭欄時瀲灩泛金卮醉倒鬧花深處歌聲遏住雲飛 風流太守鸞臺家世玉檻丰姿行奉紫泥褒詔要看擊浪天池

又 維揚感懷

雕車南陌碾香塵一夢尚如新回首舊遊何在柳煙花霧迷春 如今霜鬢愁停短棹懶傍清樽二十四橋風月尋思只有消魂

又 同前代御帶作

功名雖未壓英游一種舊風流人世百年須到如今七十春秋　當時帷幄貂璫貴重譽藹朋儔贏前樽前沉醉浮華付去悠悠

南柯子 元夜書事

壁月窺紅粉金蓮映綵山東風絲管滿長安移下十洲三島在人間　兩兩人初散厭厭夜向闌倦粧殘醉怯輕寒手撚玉梅無緒倚闌干

又 次韻南劍守

粉黛娉婷豔芝蘭笑語香延平春色鬭芬芳不管清宵更漏聽霓裳　燭暗人方醉盃傳意更長可堪羇客九廻腸蕭瑟一簷風雨過横塘

又　將出行陸丈知府置酒出姬侍酒聿索詞

緑陰侵簷淨紅榴照眼明主人開宴出傾城正是雨餘天氣暑風清　别酒慇懃意危絃要妙聲年年相見豈無情後日暮雲回首奈䑃行

又　浩然與予同生己丑歳月日時皆同秋日見席上出新詞且命小姬歌以侑觴次韻奉酬

共禀陰陽數誰知造化工安閒百計總輸公掩映芙蓉花徑郡城東　風月三秋興樽罍一笑同新詞佳麗見情通更喚雪兒低唱慰衰容

玉樓春雪中無酒清坐寒冷承覲使太尉與賓客酧唱謹和

江天暄色傷心目凍鵲爭投林下竹四垂雲幕一襟寒片片飛花輕鏤玉　美人試按新翻曲點破舞帬春草綠融樽側倒也思量清坐有人寒起粟

江神子贈章道遜

故人情分轉綢繆小窗幽話離愁海闊天遥鴻雁兩悠悠今日相逢誰較健應怪我鬢先秋　功名漸来在刀頭壯心休弊貂裘何事留歡不竟漾扁舟桃李春風將近也如後會醉青樓

踏莎行 和材甫聽彈琵琶作

鳳翼雙雙金泥細細四絃斜抱攏纖指紫檀香暖轉春雷嘈嘈切切聲相繼　弱柳腰枝輕雲情思曲中多少風流事紅牙拍碎少年心可憐辜負樽前意

生查子

温柔鄉内人羣微閤中女顔笑洛陽花肌瑩荆山玉東君深有情解與花為主移傍楚峰居容易為雲雨

青玉案

蒲葵佳節初經雨正欄檻薫風度滿泛香蒲斟醁醑故人情厚豔歌嬌舞總是留賓處　榴花照眼江天暮醉裏春情蕩輕絮宜止捲簾通一顧今宵酒醒一襟風露夢指高唐去

又

綵鸞影裏冰輪度秋空淨南樓暮嫋嫋天風吹玉兔今宵只在舊時圓處往事難重數　天涯幾見新霜露怎得朱顏舊如故對酒臨風慵作賦藍橋煙浪故人千里夢也無由做

菩薩蠻 次韻龍滐甫春日即事

杏花寒食佳期近一簾煙雨琴書潤砌下水潺潺玉笙吹暮寒　陽臺雲易散往事尋思嬾花底醉相扶當時

人在無

又

雲煙漠漠秋容老茅簷映水人家好林葉未凋疎遠山橫有無　平生耕釣事若箇安身是勸君早歸來碧香新甕開

西江月 元夕醉中走筆

煥爛蓮燈高下參差梅影橫斜凭欄一目盡天涯雪月交輝清夜　莫惜柔荑勸酒從教醉臉紅霞爛銀宮闕

對仙家一段風光如畫

又

桂苑旋生涼思銀河左界秋高纖雲不動湛清霄皓月
照人偏好　詩為情多却減酒因愁裏難銷一聲羌管
夢魂勞可惜風光易老

又

醉伴三千珠履如登十二瓊樓壺天澄爽露華秋灩灩
金波釃酒　羅扇不隨思在佳時須要人酬麒麟閣畫

為誰留只見浮生白首

繡帶兒 客路見梅

瀟灑隴頭春取次一枝新還是東風來也猶作未歸人微月淡煙村漫佇立惆悵黄昏暮寒香細疎英幾點儘奈銷魂

卜算子 湖州埭牆吳氏女失身于上山張氏作妾

數盡萬般花不比梅花韵雪壓風欺憁地寒剗地清香噴 半醉折歸來插向烏雲鬢不是愁人悶帶花花帶

愁人悶

柳梢青 詠海棠

雨過風微温泉浴倦妃子粧遲翠袖牽雲朱唇得酒臉暈臙脂 年年海燕新歸怎奈向黄昏恁時倚遍瓊干燒殘銀燭花又爭知

又 春祺錫宴

紅杏堂前清深窗外宛似蓬瀛珠翠分行笙歌爭奏音韻清新 玉皇金母情親勸醁醑更酬嗣君地久天長

花朝月夕天上長春

又

小宴清秋霎時見了雨散雲收柳絮輕柔梅花閒濟宫院風流　空教夢遠青樓待説箇相思又休無奈情何不來眼底常在心頭

醉落魄

情深恨切憶伊誚没些休歇百般做處百厮愜管是前生曾負你寃業　臨岐不忍匆匆别兩行珠淚流紅頰

關山漸遠音書絶一个心腸兩處對風月

鵲橋仙

嬌波媚靨尊前席上只是尋常梳裹温柔伶俐總天然没半掐教人看破　從來可恁癡迷著想百計消除不過煙花不是不曾經放不下唯他一箇

清平樂

豔苞初拆偏借東君力上苑梨花風露溼新染臙脂顏色　玉人小立簾櫳輕勻媚臉粧紅斜插一枝雲鬢看

誰剩得春風

訴衷情

閒窗靜院漏聲長金鴨冷殘香幾番夢回枕上飛絮恨悠揚　身在此意伊行煞思量不言不語幾許閒情月上回廊

壺中天慢此進御月詞也上皇大喜曰從來月詞不會用金甌事可謂新奇賜金束帶紫番羅水晶盌至一更點還宮

素飈漾碧看天衢穩送一輪明月翠水瀛壺人不到比

似世間秋別玉手瑤笙一時同色小摟霓裳疊天津橋
上有人偷記新闋　當日誰幻銀橋阿瞞兒戲一笑成
癡絕肯信羣仙高宴處湧起銀濤如雪高挹清光平臨
皓魄上下瓊臺闕何勞玉斧金甌千古無缺

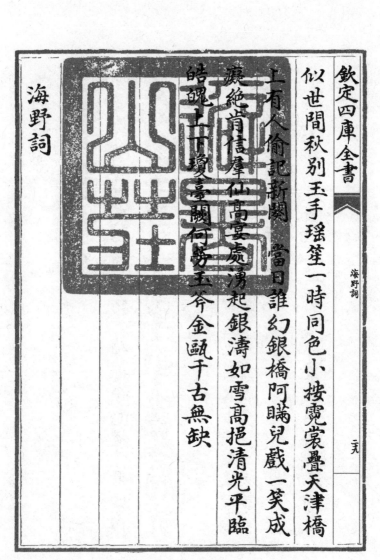

審齋詞

王千秋

欽定四庫全書

審齋詞

宋 王千秋 撰

賀新郎 石城弔古

弔古城頭去正高秋霜晴木落路通洲渚欲問紫髯分覇事只有荒祠烟樹巫覡去久無簫鼓覇業荒凉遺堞墜但蒼崖日閲征帆渡興與廢幾今古 夕陽細草空凝竚試追思當時子敬用心良誤要約劉郎銅雀醉底

事遽爭荆楚遂但見蜀吳烽舉致使五官伸脚睡喚諸
兒畫取長陵土遺此恨欲誰語

沁園春

荳蔻嬌春烟花羞暖物華漸嘉也不須鶯怨桃封絳蕚
也不須蜂恨蘭鬱金芽料是東君都將和氣分付清豐
詩禮家充閭慶有青氊事業丹鳳才華　乘槎早上雲
霞侍祠甘泉瞻羽車試笑憑熊軾嘉禾合穗進思魚鑰
菡萏駢花蕭寇勲名龔黄模樣入拜行趨堤上沙今宵

裏且觥船滿棹醉帽欹斜

風流子

夜久燭花暗仙翁醉豐頰縷紅霞正三行鈿袖一聲金縷捲茵停舞側火分茶笑盈盈濺湯溫翠盌折印啟緗紗玉笋緩搖雲頭初起竹龍停戰雨脚微斜　清風生兩腋塵埃盡留白雪長黃芽解使芝眉長秀潘鬢休華想竹宮異日袞衣寒夜小團分賜新樣金花還記玉麟春色曾在仙家

醉蓬萊 送湯

正歌塵驚夜鬭乳回甘暫醒還醉再煮銀瓶試長松風味玉手磨香鏤檀舞在壽星光裏翠袖微揎冰甆對捧神仙標致　記得拈時吉祥曽許一飲須教百年千歳况有陰功在遍江東桃李紫府春長鳳池天近看提攜雲耳積善堂前年年笑語玉簪珠履

西江月

心事幾多白髪客情無數青山簾纖細雨褪餘寒正是

花期酒限　一自鉼簪信杳空留鈿帶香殘我今多病
寄江干瘦似東陽也慣

又

老去頻驚節物亂來依舊江山清明雨過杏花寒紅紫
芳菲何限　春病無人消遣芳心有酒摧殘此情拍手
問闌干為甚多愁我慣

南歌子壽廣文

鶻起驚紅雨潮生漲碧瀾水晶城館月方圓誰喚騎鯨

仙伯下三山　筆勢翔鸞媚詞鋒射斗寒向來文價重
賢關便令批風支月紫薇間

虞美人　寄李公定

流蘇斗帳泥金額我亦花前客謫仙標韻勝瓊枝一詠
一觴常是得追隨　自從風借雲帆便冷落青樓宴石
橋風月也應猜過盡中秋不見晚歸來

念奴嬌　荷葉浦雪中作

扁舟東下正歲華將晚江湖清絶萬點寒鴉高下舞凝

住一天雲葉映篠漁村衡茅酒舍淅瀝鳴飛雪壯懷興感悔將釵鳳輕别　遙望傑閣層樓明眸穠艷許把同心結東畎西傾渾未定終恐前盟虛設爇獸爐温分霞酒潲此夕歡應狎多情言語又還知共誰説

青玉案　送人赴黄岡令

雪堂不遠臨臯路悵仙伯騎鯨去燕麥桃花更幾度橫橋雖在種松無有誰是關心處　解鞍君到冬雖暮傳語無忘釃醆句起手栽花花定許藝香披翠灌紅疏緑

趁取清明雨

水調歌頭

遲日江山好老去倦遨遊好天良夜自恨無地可銷憂豈意綺窻朱户深鎖雙雙玉樹桃扇避風流未暇泛滄海直欲老温柔 解檀槽敲玉釧泛清謳畫樓十二梁塵驚墜綵雲留座上騎鯨仙友笑我胸中磊磈取酒為澆愁一舉千觴盡來日判扶頭

減字木蘭花

陰簷雪在小雨廉纖寒又燃莫上危樓樓迥空低鴈更愁　一杯濁酒萬事世間無不有待早歸田欲買田無使鬼錢

風流子

同雲垂六幕啼烏靜風御玉妃寒漸聲入釣簑色侵書幌似花如絮結陣成團倦遊客一番詩思苦無尊酒腸寬黄竹調悲綺衾人馬豈堪梅蘂索笑廵簷　一杯知誰勸空搔首還是憶舊青氈問素娥早晚光射江干待

醉披鶴氅高吟冰柱剡溪何妨乘興空還只恐櫓聲咿軋棲鳥難安

憶秦娥

雲破碧作霜天氣西風急西風急一行征鴈數聲横笛挑燈試問今何夕柔腸底事愁如織愁如織紫苔庭院悄無人跡

又

雲葉舞寒林淺淡園烟雨園烟雨三三兩兩鴈投沙渚

征帆暫落知何所短篷靜聽舟人語舟人語夜寒如許客能眠否

清平樂

吹花何處桃葉江頭路碧錦障渥衝暮雨一霎峭寒如許　歸來索酒銀瓶潮紅秋水增明却自不禁春惱偎人低度歌聲

賀新郎

短艇横烟渚夢驚回凄涼尚記緑簑鳴雨拍塞愁懷人

不解只有黄鸝能語復擬待乘槎重去無柰東君剛留客張碧油緩按香紅舞生怕我頓遐舉　故溪冉冉春光度想晚來楊花雲際白蘋無數竹裏樵青應是怪目斷鳴榔去路料為我羞煩鱗羽好趁小鸞針線在按綸巾歸喚松江渡重繫纜醉眠處

好事近 和李清宇

六幕凍雲凝誰翦玉花為雪寒入竹窻茅舍聽琴絃聲絶　從他拂面去尋梅香吐是時節歸晚楚天不夜抹

牆腰横月

又

明日發驪駒共起爲傳杯緑十歳女兒嬌小倚琵琶翻曲　絶憐啄木欲飛時絃響顫鳴玉雖是未知離恨亦晴峰微蹙

虞美人

琵琶絃畔春風面曾向尊前見彩雲初散燕空樓蕭寺相逢各認兩眉愁　舊時曲譜曾翻否好在曹綱手老

來心緒怯么絃出塞移船莫遣到愁邊

水調歌頭 九日

壯日遇重九躍馬歡遊如今何事多感雙鬢不禁秋目斷五陵臺路無復臨高千騎鼓吹簇輕裘霜露下南國淮漢繞神州 釣松鱸斟郢酒聽吳謳壯心鑠盡今夕重見紫茱萸月落笳鳴沙磧烽靜人耕榆塞此志恐悠悠擬欲墮清淚生怕菊花愁

菩薩蠻 荼蘼

流鶯不許青春住催得春歸花亦去何物慰儂懷荼蘼最後開　青衫冰雪面細雨斜橋見莫浪送香來等閑蜂蝶猜

驀山溪 海棠

清明池館側臥簾初卷還是海棠開睡未足餘醒滿面低頭不語渾似怨東風心始吐又驚飛交現垂楊眼少陵情淺花草題評徧賦得惡因緣沒一字聊通繾綣黃昏時候凝竚怯春寒籠翠袖減豐肌脉脉情何限

漁家傲 簡張德共

黃粟留鳴春已暮西園無著清陰處昨日驟寒風又雨花良苦信緣吹落誰家去 病起日長無意緒等閒還與春相負魏紫姚黃無恙否栽培取開時我欲聽金縷

念奴嬌 水仙

閒花借水信天姿高勝都無俗格玉瓏娟娟黃點小道書玉女鼻端有黃點依約西湖清魄綠帶垂腰碧簪篸髻索句撩元白西清微咲為渠摹寫香色 常記月底風前水沈

肌骨瘦不禁憐惜生怕因循紛委地仙去難尋蹤跡縹
檻重圍綉幃密護不肯輕拋釋等差休問未容梅品懸
隔

生查子

枝垂雲碧長心展鵝黄嫩無力倚闌時掃盡漫山杏
玲瓏影結陰藴藉香成陣誰為祝東風更莫催花信

又

花飛錦繡香茗碾槍旗嫩是處緑連雲又摘斑斑杏

愁來苦酒腸老去閑花陣燕子不知人尚說行雲信

又

鶯聲恰恰嬌草色纖纖嫩詩鬢已驚霜鏡葉慵拈杏

因何積恨山著底攻愁陣春事到荼蘼還是無音信

又

睡起鬢雲鬆枕印香腮嫩愁思到眉尖齒軟嘗新杏

都無魚鴈書又過鶯花陣寬盡縷金衣說與伊爭信

又

春江波面渾春岸蘆芽嫩不見木蘭舟羞帶駢枝杏
輕綃搵淚痕急雨衝花陣暗禱紫姑神覓箇巴陵信

又

雄姿畫麒麟朽骨分螻蟻爭似及生前常爲鶯花醉
雲山靜有情天地寬無際且放兩眉開萬事非人意

又

功名竹上魚富貴槐根蟻三萬六千塲排日扶頭醉
高懷隘世間壯氣橫天際常是惜春殘不會東君意

解佩令 木犀

花兒不大葉兒不美只一段風流標致淡淡梳粧巳賽過騷人蘭芷古龍涎怎敢氣鬪時無柰風斜雨細壞得來零零碎碎著意收拾安頓在膽瓶兒裏且圖教平聲夢魂旖旎

清平樂

喚雲且任莫作龍池舞五月人間須好雨為掃無邊煩暑　畦秧針綠重生壺天表裏俱清林外桔槔閑掛省

渠多少心情

憶秦娥

闌干側當時我亦凝香客凝香客而今老大鬢蒼頭白揚州夢覺渾無迹舊遊英俊今南北今南北斷鴻沈鯉更無消息

西江月

夢幻影泡有限風花雪月無涯莫分粗俗與精華日醉石間松下　菜盡隣家觧與杯空稚子能賖通幽即步

盡横斜不問墩猶姓謝

臨江仙

者也之乎真太錯甘心呑棘呑蓬有無俱盡見眞空爐鞴難自薦闌捩只心通　野鶴孤雲元自在剛論隱豹冥鴻此身今在幻人宮要將驢佛我分付馬牛風

浣溪沙

璊玉偎香倚翠屏當年常喚在凝脊豈知雲雨散逡巡不止恨伊唯準擬也先傷我太因循而今頭過摠休

論

又

親染柔毛劈彩牋自憐探平聲得惡因緣一尊重許笑凭肩　往事已同花屢褪新歡間似月常圓休休休更苦縈牽

瑞鶴仙

征鴻翻塞影悵悲秋人老渾無佳興鳴蛩悶酒病更堆積愁腸摧殘詩鬢起尋芳徑菊羞人依叢半隱又豈知

虛度重陽浪闊渺無歸信　無定登高人遠戲馬臺前怨歌誰聽香肩醉凭鎮常是笑獨醒到如今何在西風凝竚冠也無人爲正看他門對插茱萸恨長怨永

又　韓南澗生日

紅消梅雨潤正榴花照眼荷香成陣爐薰炷芳燼記于門今日長庚占慶文摘艷錦笑班揚用字未穩果青雲快上黃扉地面譽高英俊　名盛都期持橐却借乘軺布宣寬政除書已進歸寵異侍嚴近且金船滿酌雲

翹低祝應比椿齡更永任月斜未放笙歌翠桐轉影

滿江紅 和諸公賞心亭待月

樓壓層城斜陽斂帆收南浦最好是長江澄練遠山新雨半晌留連邀皓月一堂高敞祛隂暑問從來佳賞有誰同應難數　舟横渡車填路催酒進麾燈去放姮娥照座不須簾阻已見天清無屏翳更須潮上喧闐鼓看波光撩亂上檣竿龍蛇舞

感皇恩

天氣過燒燈初閒人倦曉色曈曨繡簾捲聚星歌扇一簇雪香瓊軟壽杯爭安把從他滿　低低笑祝年齡遐遠息駕無由遂公願東風吹喜又做眉黃一點便參鵷鷺入常朝殿

青玉案

鳴鼉欲引魚龍戲先自作長江偪頭管一聲天外起羣仙俱上有人殊麗認得分明是　欲相問勞來無計但隔爐烟屢凝眸擲我胸前方寸紙擁翹欲去蟫蛾還住

不盡徘徊意

醉落魄

驚鷗撲蔌蕭蕭臥聽鳴幽屋窻明怪得雞啼速牆角爛斑一半露松綠平聲　歌樓管竹誰翻曲丹脣冰面噴餘馥遺珠濺地無人掬歸著紅靴踏碎一街玉

桃源憶故人

移燈背月穿金縷合色鞋兒初做却被阿誰將去鸚鵡能言語　朝來半作凌波步可惜孤鸞侶若念玉纖辛

苦早與成雙取

水調歌頭 趙可大生日

披錦泛江客橫槊賦詩人氣吞宇宙當擁千騎靜邊塵何事折腰執版久在泛蓮幕府深覺負平生踉蹡衆人底欲語復吞聲　慶垂弧期賜杖酒深傾願君太耐碧眸丹頰百千齡用即經綸天下不用歸謀三徑一笑友淵明出處兩俱得鵷鷺亦鵾鵬

鷓鴣天 圓子

翠杓銀鍋饗夜遊萬燈初上月當樓溶溶琥珀流匙滑璨璨蠙珠著面浮　香入手煖生甌依然京國舊風流翠娥且放杯行緩甘味雖濃欲少留

又 蒸蠒

比屋燒燈作好春先須歌舞賽蠶神便將簇上如霜樣來餉尊前似玉人　絲餡細粉肌勻從宅犀筋破花紋慇懃又作梅羹送酒力消除笑語新

浣溪沙 焦油

買市宣和預賞時流蘓垂蓋寳燈圍小鐺烹玉鼓聲隨金彈玲瓏今夕是鼇山縹緲昔遊非馬行遺老想雲衣

又

燈火闌珊欲曉時夜遊人倦總思歸更須冰蛹替揆絲玉篆古文光燦爛花垂零露影參差月寒烟淡最相宜

好事近 壽黄仲符

人物又無雙餘事錦機閑織就兩都新賦笑一生聯緝
來年秋色起鵬程一舉上晴碧須洗玉荷為壽助穿
楊飛的

喜遷鶯

春前臘尾問誰會開解幽人心裏映竹精神凌風標致
姑射昔聞今是試粧競看吹面寄驛勝傳緘紙逈瀟灑
更香來林表枝横溪底　誰為停征騎評蕙品蘭俱恐
非同里天意深憐花神偏巧持為翦冰裁水擬喚緑衣

來舞只許蒼官相倚醉眠穩儘參橫月落留連行李事見柳子厚龍城録

又

玉龍垂尾望闕角岧嶤如侵雲裏明壁榱題白銀階陛平日世間無是静久聲鳴檻竹夜半色侵窻紙最奇處盡巧粧枝上低飛簷底　當為呼游騎嗾犬擊蒼腰箭隨鄰里藉草烹鮮枯杖煎茗㸃化玉花為水未把瑶臺風露且借瓊林棲倚眩銀海待斜披鶴氅騎鯨尋李

滿庭芳 二色梅

蘂小雕瓊，花明鎔蠟，天交一旦俱芳。豐臞雖異，皆熨水沈香。應笑紛紅墮紫，初未識、調粉塗黃。凭肩處，金鈿玉珥，不數壽陽粧。　思量。誰比似，酥裁笋指，蜜翦蜂房。又何須酣酒，重暖瑶觴。且放側堆金縷，驪山冷、來浴溫湯。誰題品，青枝綠萼，俱未許升堂。

訴衷情 登雨華臺

二分濃綠一分紅，春事若為窮。醉袖罥香雲粉，公挽我

我扶公　歌短帽吐長虹擬凌風布金堆裏疊翠屏中
雲月輕籠

臨江仙

柳巷鶯啼春未曉畫堂環珮珊珊薰爐烘煖鷓鴣斑壽
杯須斗酌舞袖正弓彎　未説珥貂横玉事勲名且勒
燕然歸來方卜五湖閑年年花月夜沈醉綺羅間

浣溪沙 白紵衫子

疊雪裁霜越紵匀美人親翦稱腰身暑天寧數越羅春

兩臂輕籠燕玉膩一胸斜露塞酥温不教香汗濕歌塵

西江月 小鹿鳴

四俊鄉書薦鶚一夔漕府登賢明年春晚柳如烟看取臚傳金殿　册府牙籤畫閲詞垣紫誥宵傳青樓買酒定無縁且放金杯瀲灧

虞美人 和姚伯和

風花南北知何據常是將春負海棠開盡野棠開疋馬

崎嶇還入亂山來　尊前人物勝前度誰記桃花句老來情事不禁濃玉佩行雲切莫易丁東

又 代簡督伯和借戰國策

要津去去無由據已分平生負擬將懷抱向誰開萬水千山聊為借書來　玄都畫永閑難度欲正書中句黄琮丹璧已磨濃發篋煩君早送過橋東

謁金門 次李聖予月中韻

春漠漠閑盡綺窓雲幙悔不車輪生四角却成緣分薄

想畫鴉兒方學小癡恨人無託不道月明誰共酌這般情味惡

又 諸公要予出郊

春漠漠何處養花張幙佩冷香殘天一角忍看羅袖薄兩兩鴛鴦難學六六錦鱗空託趣有餘妍須細酌東風情性惡

點絳脣 劉公寶生日

玉立霞升縱談劉尹高支許待為霖雨小駐紅蓮府

鶴健松堅鴻寶初非誤玄都路桃花栽取來看千千度

又 春日

何處春來試煩君向垂楊看萬條輕線已借鵝黃染

弄日搖風桉舞知誰見陽關遠一杯休勸且放條眉展

又

何處春來試煩君向梅梢看壽陽粧面漏泄春何限

冷蘂踈枝似恨春猶淺收羌管莫驚香散留副陽和願

又

何處春來試煩君向釵頭看舞翻飛燕巳拂春風面
白玉圜鈿酌酒殷勤勸深深願願長康健歲與春相見

又

何處春來試煩君向盤中看韭黄猶短玉指呵寒翦
犀筯調匀更為雙雙卷情何限怕寒須暖先酌黄金盞

水調歌頭 席上呈梁次張

筆力捲鯨海人物冠麟臺鸞來朱邸千字不省有驚雷
人似曲江風韻剛要重來持節不道玉堂開草詔坐扛

鼎瑣屑掃尊罍 金錯落貂掩映玉崔嵬看公談笑長
河千里靜氛埃散馬晝閑榆塞辮髮春趨瑤陛都出濟川
才老子尚頑健東閣亦時來

瑞鶴仙 張四益生日

夷吾在江左鬢氊裘俱讋笑清邊瑣遺民冀巾裹箇規
模欲繼外人誰可一花兩果晚占熊材能更彩試頌春
便有驩謠聲接月鞍烟柂 馭浚已傳丹詔催上文石
論炙輠橐弓笴九域措安妥待緇衣重詠履封光繼緑

野從教畫銷問黑頭當日三公可能似我

滿江紅

水滿方塘三日雨曉來方足闌干外錦棚初脱新篁森玉沃葉未乾鳩婦去餘花時墜蜂兒逐認去年乳燕又雙雙飛華屋紅豆恨歸誰促青鸞夢驚難續想多情猶記碧牋新曲白髮欺人雖已老短襟攝黛存餘馥且如今一笑總休論杯行速

西江月

璀璨雕龍灑筆聯翩薦鶚飛書翻階紅藥試粧梳管取
不寒温樹 容我一杯為壽看君九萬鵬圖髻鬟人小
串珠璣歲歲綠窗朱戶

審齋詞跋

東平王千秋字錫老嘗見自製啟聯云少日覊孤百口星分于異縣長年憂患一身蓬轉于四方其遭逢槩可想已樂府凡六十餘調多酬賀篇絶少綺豔之態衡山縣令梁文恭讀而贈詩云審齋先生世稀有曽是金陵一耆舊萬卷胸中星斗文百篇筆下龍蛇走淵源更擅麟史長碑版肯居鍾文後倚馬常摧鏖戰場脫腕難供掃愁帚中州文獻儒一門異縣萍蓬家百口

恨極黄楊厄閏年閑却玉堂揮翰手夜光乾没世稱屈逺枳里栖價低售漂揺何地著此翁忘憂夜醉長沙酒豈無辱禄故人來為辨草堂留野叟嗟余亦是可憐人慚愧阿戎驚白首一燈續得審齋光多少達人為裔冑睠予憔悴五峰下頻寄篇來徤相壽年來事事淋過灰尚有詩情閑情賣有時信筆不自置憶起居家吕窠臼審齋樂府似花間何必老夫疥篇右集中席上呈梁次張水調歌頭一闋其互相溢美可謂無言不讐矣古虞毛

晉識